POURQUOI

M. STEENACKERS A TORT

de compter sur

CADICHON

JOINVILLE

Typographie P. Henriot.

1869

POURQUOI

M. STEENACKERS A TORT

de compter sur

CADICHON

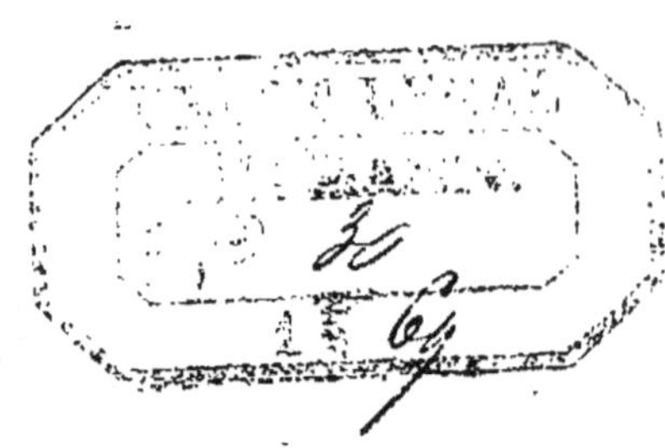

JOINVILLE

Typographie P. Henrion.

1869

**Le Paysan, l'Impôt et le Suffrage univer-
sel**, ou *Réflexions et entretiens d'un arrière-neveu
de l'Homme-aux-Quarante-Ecus*, par F.-F.
Steenackers, membre du Conseil général de la
Haute-Marne. — In-18. Prix : 1 fr. 50 c.

Tel est le titre d'une brochure qui se trouve chez
Armand Le Chevalier, rue Richelieu, à Paris, qu'on
ne rencontre chez aucun autre éditeur de la capi-
tale, mais qu'on distribue *gratis* par charretées,

dans toutes les communes de la deuxième circonscription électorale du département de la Haute-Marne.

En regard de ce titre on lit un *Index* des autres ouvrages de l'auteur.

Histoire des ordres de chevalerie et des distinctions honorifiques en France;

Agnès Sorel et Charles VII, essai sur l'état politique et moral de la France au XVe siècle.

L'invasion de 1814 dans la Haute-Marne.

Une visite à la Maison centrale d'Auberive.

En complétant cette liste par le nouvel écrit de M. Steenackers, on est frappé de la fécondité autant que de la variété de cette production polygraphe. Un homme d'études, un savant de profession, n'y suffirait pas.

Des ordres de chevalerie, qu'il aime beaucoup et qu'il sollicite quelque peu, et de la maîtresse de

Charles VII, à laquelle il ne manque presque rien, suivant lui, pour ressembler à l'auguste vierge de Domremy, il a passé à l'invasion de 1814, s'est arrêté un instant à la maison de répression d'Auberive, et nous donne aujourd'hui une dissertation sur les conditions de la vie de la classe agricole, avec une théorie de l'impôt

On a peine à saisir une liaison quelconque entre ces sujets si variés, qui semblent dépasser la portée d'un seul cerveau ; et comme M. Steenackers, s'il est polygraphe, n'est pas polycéphale, c'est-à-dire qu'il n'a pas plusieurs cerveaux, on est tenté de croire qu'il a une quantité de plumes à son service.

Sans rechercher l'explication des mystères de cette variété d'aptitudes, nous nous arrêtons à la dernière publication, il ne s'agit plus, en effet des Ordres de chevalerie, distraction innocente dans sa vanité, attention étrange à l'adresse du suffrage universel, ni de l'influence des maîtresses royales sur la moralité et le salut des empires, M. Steenackers, invoquant sa qualité de membre du conseil général et aspirant à la représentation nationale, traite de l'*Impôt*, c'est-à-dire de la force vitale du pays et des bases de la puissance française. Nous ferons à cette tentative revêtue d'une apparence sérieuse, l'honneur d'examiner sérieusement une thèse que l'arrière-neveu de Voltaire a entrepris de traiter avec la désinvolture du maître, mais avec la plume un peu lourde d'un Belge improvisé Français.

Toutefois, et avant de suivre l'auteur sur ce terrain, nouveau pour lui et difficile pour tous, de l'économie politique, qu'on nous permette d'exprimer une pratriotique douleur.

Le titre de citoyen français, que chacun de nous a reçu de son père, nous est cher ; nous le portons avec respect; nous le défendrions avec courage, et jamais nous ne voudrions le livrer au ridicule, pour quelque avantage que ce pût être. Il nous est donc pénitble de lire et de commenter les irrévérences que M. Steenackers, Français d'hier, se permet à l'endroit de ce titre respectable. La première et la dernière parole des personnages fantastiques dans la bouche desquels il place ses opinions intimes et personnelles, sont une ironie persistante de la France et de ses institutions.

« S'il y a, dit-il, toujours honneur pour un mince personnage comme moi, fils de gueux et de vilains, à être propriétaire, terrien et citoyen d'un grand empire, j'ai été améné à m'apercevoir que je n'y trouve aucun profit (1). »

Il est vrai que pour justifier ce dédain M. Steenackers appelle à son appui le citoyen Horn (2), et c'est plaisir de voir comme ces deux transfuges de

(1) Page 15 et suiv.
(2) Page 100.

deux patries, le Belge et le Hongrois, s'accordent à dénigrer cet empire français qui durait depuis longtemps, et dont ils connaissaient pourtant le régime lorsqu'ils ont *sollicité* ce droit de citoyen, si fort prisé, aux jours de prière, si déprécié aussitôt qu'il a été généreusement et mal à propos concédé.

Ceci dit, cherchons quelle est la doctrine et s'il y a une doctrine dans l'écrit signé par M. Steenackers. Ce sera une heureuse occasion pour nos lecteurs de connaître ce que pense le membre du conseil général du canton d'Arc-en-Barrois, ce que pourrait dire et faire le candidat à la députation de la Haute-Marne.

Le silence qu'il garde dans les séances du conseil général ne nous avait guère éclairés, la brochure nous en apprendra peut-être davantage

---

C'est, on prend soin de nous le dire, un arrière-neveu de Voltaire qui parle. En méditant, à propos d'Agnès Sorel, sur la pucelle du maître, l'arrière-neveu, catholique comme M. Thiers et probablement comme le grand-oncle, a trouvé le pamphlet publié en 1767 par le philosophe de Ferney, non en faveur des doctrines nouvelles, mais en opposition aux doctrines que des esprits généreux propageaient alors pour amener la réforme des abus (1). Cela fait, il a trouvé piquant d'en faire le drapeau de sa publication.

Moins de rapidité dans l'exécution de la commande aurait amené l'auteur à plus de critique dans le choix des autorités, et aurait laissé au nouvel économiste le temps d'apprendre que depuis 1767, la société et la science sociale ont fait des progrès qui relèguent *l'homme aux quarante écus* parmi les curiosités hors d'usage.

(1) C'est dans un moment d'humeur que Voltaire s'amusa à écrire ce roman. (*Avertissement de l'édition de Kehl*).

Mais passons.

N'ayant pas l'honneur de posséder un seul hectare de terre ni de le cultiver, le locataire des chasses du château d'Arc-en-Barrois a eu la douleur de compter parmi ces capitalistes oisifs, si capital il y a, qui ne contribuent que pour une faible, très-faible somme, aux charges de l'Etat, en échange de tous les avantages que l'Etat leur accorde.

Aussi a-t-il été forcé de créer un personnage fictif, un paysan imaginaire, qui, nous le craignons bien, n'a pas plus que son secrétaire, durci ses mains au maniement de la charrue.

Ce fantoche se nomme Cadichon.

Pourquoi ce nom burlesque ?

Chaque fois que ces messieurs de Paris ou d'ailleurs veulent amener un cultivateur en scène, ils se croient obligés de lui mettre de la paille dans les cheveux, des sabots aux pieds, et de l'affubler d'un nom ridicule.

Nous avons l'avantage de connaitre beaucoup d'habitants de la campagne, et nous les avons toujours trouvés très-sérieux, très-avisés, et ne ressemblant pas plus aux pantins des faiseurs de vaudevilles, que certains candidats ne ressemblent à de vrais législateurs.

Quoiqu'il en soit, Cadichon, le paysan de M. Steenackers est « très-fier d'être Français, comme dit l'autre, bien qu'il n'ait jamais vu la colonne » (1). A côté de lui se place le percepteur, et celui-ci se nomme Choonebeck, un nom alsacien, tout aussi étrange et tout aussi difficile à prononcer que Steenackers.

Hélas ! M. Steenackers ne connaît guère mieux les Alsaciens que les paysans.

Les Alsaciens sont très-bons Français, malgré

(1) Page 39.

l'orthographe de leurs noms? ils sont instruits, très sensés, et répudieront M. Choonebeck tout simplement parce que le percepteur de M. Steenackers est un imbécile qui fait de l'esprit hors de propos, c'est-à-dire tout le contraire d'un vrai Alsacien.

Il n'y a rien de plus maussade qu'un imbécile qui vise à l'esprit ; autant voir un ours danser le pas du schall.

Le troisième personnage dont l'auteur a eu besoin est anonyme. C'est, nous assure-t-il, un bon garçon, très-instruit et très-complaisant.

Instruit, nous verrons.

Quant à être complaisant, il l'est beaucoup, s'il a réellement coopéré aux entretiens de Cadichon et discuté les sots propos du percepteur imaginaire, Avec Cadichon, Choonebeck et le bon jeune homme, en empruntant des citations à M. de Voltaire, à

M. de Lavergne, à M. Horn, ancien rédacteur du *Pays*, aujourd'hui orateur des clubs de la Redoute, M. Steenackers a construit son œuvre.

Ses procédés de composition accusent un peu trop l'emploi des ciseaux. Puisqu'il médite Voltaire, il aurait dû se rappeler que *l'homme aux quarante écus* fait peu de cas de ce procédé, et qu'il se moque agréablement de ceux qui composent leur bagage littéraire ou scientifique d'emprunts continuels, ajoutant, comme il dit, l'esprit des autres au peu qu'ils ont naturellement.

La logique y perd également, et ces lambeaux découpés partout ne constituent pas une composition bien solide. Aussi déraisonne-t-on beaucoup dans le livre de M. Steenachers. Mais le plus déraisonnable assurément est le paysan Cadichon. Jamais il n'y eut cultivateur plus maladroit et plus naïvement incapable.

Son but est de prouver que l'homme qui possède et cultive quinze hectares de terres de qualité ordinaire « se ruine nécessairemeut et n'en retire qu'un revenu net de 85 francs. »

La chose est trop curieuse pour que nous refusions à nos lecteurs le plaisir de la lire dans le propre style de M. Cadichon-Steenackers.

« Ainsi, dit-il, c'est en tout 1915 francs que j'ai de frais de production. Maintenant que me donnent mes quinze hectares pour me couvrir de mes frais ? Ils me donnent un produit net de 2.000 francs.

C'est donc la différence de 2.000 à 1915 francs que j'ai de bénéfice, c'est-à-dire 85 fr., et encore en supposant qu'il n'arrive d'accident ni à mes bêtes, ni à ma femme, ni à moi, que je ne sois jamais malade, que je n'aie point d'enfants, que je n'aie rien à payer à l'instituteur, au cas où j'en eusse un (comme s'il n'y avait pas un instituteur dans chacune de nos communes), etc. etc. (1) »

(1) Page 24.

Voilà, on en conviendra, un cultivateur bien infortuné.

D'un capital de 22.000 fr., d'une terre fécondée de ses sueurs, comme il le répète à satiété, il retire un revenu de 85 fr., beaucoup moins qu'il ne faut pour vivre.

Il est vrai que ce cultivateur a soin de nous apprendre que « ses chevaux sont si peu nourris qu'ils n'ont pas trop de ce qu'ils prennent pour vivre seulement, et que ses vaches (soumises sans doute au même régime que les chevaux (paient tout juste leur nourriture avec le lait et les veaux (1), » et qu'ayant mis tout son capital dans l'acquisition de sa terre, il n'a rien réservé pour les améliorations, les engrais et tout ce qu'exige une exploitation agricole.

Or de cet aveu nous concluons que le cultivateur de M. Steenackers est un mauvais cultivateur, ce

(1) Page 22.

qui explique tout naturellement le succès qu'il obtient.

Mais le vrai paysan, le paysan de la Haute-Marne le nôtre, celui qui a de l'ordre, qui ne perd pas son temps à discuter avec M. Choonebeck ou à s'instruire à l'école du bon jeune homme, savez-vous ce qu'il fait ?

Il a du mal, c'est vrai ; il sue l'été et il est mouillé par l'orage, mais il prospère, n'en déplaise à M. Cadichon.

Et voilà pourquoi, dans le département de la Haute-Marne, il prend chaque jour possession du sol, pourquoi nous comptons en ce moment 17.000 exploitations rurales et environ 80.000 propriétaires sur une population totale de 262.000 habitants avec ménages.

Si tous ces ménages agissaient comme le paysan fantoche de M. Steenackers, ils n'auraient certes pas conquis cette terre, élevé leurs familles, donné à leurs enfants l'instruction qui fait l'honneur de notre département ; ils seraient des *va-nu-pieds*, comme le dit élégamment M. Steenackers (1) à ses nouveaux concitoyens.

———

Il est clair qu'un cultivateur qui retire d'un domaine de quinze hectares un revenu de 85 francs, doit trouver lourd un impôt de 55 francs. Tout impôt lui serait lourd, et la seule conséquence à tirer de la situation décrite, serait qu'au lieu de payer un impôt quelconque, il reçût des secours. Cependant M. Steenackers veut bien reconnaître qu'un impôt est nécessaire, qu'un impôt territorial est même indispensable, et, dans son économie politique de fantaisie, il fixe à quarante francs (2) le chiffre de l'impôt que chaque propriétaire foncier devrait normalement supporter.

Mais le Cadichon de son livre est aussi hors d'état

(1) Pages 25 et 27.
(2) Page 53.

de payer 40 francs que 55, et ce qu'il a de mieux à faire, c'est de vendre sa terre, de la laisser à d'autres qui sauront la cultiver et d'obéir au lieu de commander, si tant est qu'il trouve un maître pour l'employer.

Les bornes d'une réfutation sommaire, la seule nécessaire, ne permettent pas de suivre M. Steenackers dans toutes les assertions erronées, contradictoires, qu'il a trouvé moyen de découper dans les publications auxquelles l'esprit de parti, l'ignorance et l'utopie ont donné naissance.

Tout lui est bon, il accepte tout, pourvu qu'il en tire la conclusion que tout est mauvais dans sa nouvelle patrie.

L'agriculture paie, dit-il, un milliard deux cent millions Le fait est de toute fausseté et a été cent fois réfuté, il le reproduit sans preuves, espérant qu'une erreur bien affirmée passera pour une vérité.

La dette hypothécaire est, dit-il, de cinq milliards. Sait-il bien que ce chiffre fantastique ne représente rien de sérieux, que les propriétés urbaines y figurent pour une très-forte part, que les inscriptions de par ordre, celles qui représentent des créances putatives, éteintes et payées, y font nombre? Il devrait savoir que l'enquête agricole a plutôt établi la diminution que l'augmentation de la dette hypothécaire rurale, mais il ne s'arrête pas à si peu de chose.

Quant à l'armée et au recrutement, on devait s'attendre à ce qu'il en parlât et qu'il le fît sur la foi d'un homme compétent. Aussi a-t-il taillé son opinion dans l'écrit du général Cluseret, ce général américain, ex-*officier* dans l'armée française, qui a si fort amusé Paris par ses prétentions stratégiques, et il lui parait démontré que nous pourrions nous passer de soldats comme nous pourrions nous passer de finances.

Tout cela serait risible, si ce n'était profondément triste, si ce n'était avec ces grossiers appâts qu'on espère tromper et capter le suffrage d'hommes, intelligents sans doute, mais qui n'ont pas fait les études nécessaires pour apprécier une chose aussi compliquée que le système financier d'un grand gouvernement. Il faut du travail et de l'étude pour juger même les incohérences et les âneries de l'économiste Cadichon.

———————

Le livre de M. Steenackers n'est pas un livre, c'est une compilation de mauvaises choses, c'est surtout une mauvaise action, dont nous tenons à donner le résumé fait par l'auteur lui-même. Il le formule ainsi : « Le système financier de la France, comme un pressoir, tire tout le suc de vos terres, et, comme le rouleau de vos chemins, vous écrase. »

———————

La conclusion est enfin : « Nommez-moi député, et je changerai ce système. »

Eh bien ! non, Monsieur Steenackers, vous ne le changeriez pas.

—

Si vous étiez nommé député, eu face d'un contradicteur instruit, vous n'oseriez pas soutenir vos assertions, formuler une seule de vos promesses en propositions, et devant la Chambre qui vous jugerait, devant le *Moniteur* qui enregistrerait vos paroles;

« Vous n'oseriez pas lire une seule page de votre livre.

La discussion des chiffres que vous copiez çà et là, de lois que vous invoquez à tout hasard, vous forcerait de convenir que si les impôts sont lourds, ils le sont moins en France qu'à l'Etranger, et que surtout ils sont équitablement perçus.

Si les impôts sont lourds, ils sont nécessaires, et tous les efforts des hommes tendent seulement à les diminuer.

Vous invoquez bien légèrement la résolution de l'Assemblée constituante, dans laquelle dominait l'opinion que l'impôt direct, c'est-à-dire la propriété foncière, doit supporter toutes les charges de l'Etat, mais on vous mettrait sous les yeux le chiffre de cet impôt que cette Assemblée a fixé à 240.000.000 de fr. (non compris les 5 sous pour livre, soit 60.000.000 de fr.) c'est-à-dire à 18 pour 100 du revenu territorial, évalué par elle à 1.440.000.000.

On vous apprendrait :

1° Que tous les gouvernements, et le gouvernement actuel plus que tous les autres, se sont efforcés de réduire l'impôt de la terre ;

2° Que cet impôt est aujourd'hui à peine égal aux deux tiers de ce qu'il était en 1790, tandis que le revenu territorial a triplé et atteint le chiffre de rois millards deux cent seize millions :

3° Que l'impôt sur le revenu qu'il vous plait de nommer d'un nom anglais, ferait peser sur l'agriculture une *seconde taxe inquisitoriale et onéreuse*, et que le sentiment public a répudiée] instinctivement, d'accord avec les législateurs de toutes nos assemblées.

On vous dirait enfin que désorganiser les finances, c'est tout simplement *ruiner* la France.

Et vous garderiez ce silence forcé, honteux, que les faiseurs de promesses gardent le lendemain des fanfaronnades de la candidature.

———

Mais ce qu'il y a de plus important dans ce livre, *c'est ce qui y manque.*

Si l'auteur est sérieux, s'il a médité sur le système financier qu'il critique, s'il est sincère dans la promesse qu'il fait d'en provoquer la modification, il doit, dès à présent, savoir ce qu'il veut et ce qu'il soutiendrait. Pourquoi ne pas soumettre aux électeurs ce nouveau système ? Pourquoi leur laisser ignorer le remède. après leur avoir exagéré le mal ?

Nous posons nettement à M. Steenackers des questions auxquelles il est tenu de répondre.

A-t-il la possibilité de remplacer la charge actuelle du budget par un système meilleur d'impôt ?

Est-il notamment résolu à demander l'impôt sur le revenu, comme il semble l'indiquer ?

Assume-t-il la responsabilité de cet impôt et peut-il prouver que les charges de l'agriculture n'en seront pas doublées

S'il n'a rien à mettre à la place de ce qu'il critique, à quoi bon son livre ? à quoi bon l'agitation qu'il s'efforce de provoquer ?

Qu'a voulu prouver M. Steenackers dans son petit livre ?

C'est ce que nous ne savions pas avant de le lire, et ce que nous savons moins encore après l'avoir lu.

Rien de plus simple que de dire aux gens : l'impôt est lourd, l'impôt est odieux, l'impôt est malfaisant.

Le difficile c'est de le prouver.

Le premier venu peut critiquer notre système financier, mais celui qui montrera comment on peut mieux faire, n'est pas venu du tout.

Ne comptons pas que M. Steenackers soit ce Messie. Il a peut-être de la bonne volonté, mais cela ne suffit pas.

Lorsqu'on veut parler chiffres, il faut savoir compter juste. Cette première condition manque à M. Steenackers.

En veut-on immédiatement la preuve ? Il faut dire d'abord que le petit livre de M. Steenackers a la prétention d'imiter *l'homme aux quarante écus* ; c'est, si l'on veut du Voltaire, moins le style et le bon sens, — du Voltaire pâte ferme ; du Voltaire en plomb. L'auteur dialogue; à tort et à travers, avec un paysan de son invention qu'il appelle le père Cadichon, et qu'il espère convertir à son plan de réforme, c'est-à-dire à ses moyens d'attaque contre le gouvernement qui a le mauvais goût de ne pas appuyer la candidature de M. Steenackers.

Les paysans de la Haute-Marne, envers qui M. Steenackers prend des airs de supériorité si risibles, tiendront-ils leur sérieux en lisant le compte d'exploitation, nous allions dire le compte d'apothicaire dressé par M. Steenackers et qui se résume ainsi :

Dépense annuelle d'un domaine de 22.000 fr. : 1915 fr. ; revenu net 2.000 fr. ; Bénéfice net annuel : 85 fr. Impôt annuel: 55 fr.

Mais dans cette dépense de 1915 fr. M. Steenackers comprend 600 fr. comme rente de fermage ; le revenu est donc de 685 fr. et non pas de 85 fr.; ce qui change bien les choses.

Les systèmes de réforme de l'impôt proposé par M. Steenackers ont exactement la même valeur que ses càlculs.

Comment s'y prendrait-il pour diminuer l'impôt foncier?

Rien de plus simple, il établirait un impôt sur le revenu, comme en Angleterre.

La belle avance !

Rien n'est plus commode que de parler à tout propos des budgets anglais; on se pose en homme savant, et l'on craint peu la contradiction. Combien y a-t-il de personnes en France qui connaissent sérieusement les finances anglaises ?

Eh bien ! la vérité, la voici:

Le budget français de 1866 présentait un total brut de 2.243.000.000. de fr.

Et le budget anglais de 1866 un total brut de 2.351.000,000 fr., c'est-à-dire de 108 millions plus élevé qu'en France.

Or, comme le premier de ces budgets s'appliquait à une population de 38 millions d'habitants, et le second à une population de 29 millions seulement, il en ressort que la moyenne nominale de l'impôt par tête est en France de 59 fr. et en Angleterre de 81 fr.

Mais ces chiffres là ne donnent pas la vérité exacte, il faut déduire des budgets de France et d'Angleterre les écritures fictives, le produit des domaines, les ressources extraordinaires, etc., et l'on trouve pour résultat :

Que l'impôt réellement payé en France par les 38 millions d'habitants se monte à 1619 millions, soit 42 fr. 50 par tête ;

Et que l'impôt payé en Angleterre par les 29 millions d'habitants monte à 1648 millions, soit 56 fr. 50.

Ainsi chaque Anglais paie par tête 14 francs de plus que chaque Français, pour les dépenses générales de l'Etat.

Voilà la vérité que M. Steenackers n'a pas dite au père Cadichon.

Quant à l'impôt sur le revenu, est-il vrai qu'il améliore le sort de la propriété foncière ? Examinons.

Au budget français, nous trouvons l'impôt foncier inscrit pour une somme de 170 millions de francs en nombres ronds.

Il est inscrit au budget anglais pour 195 millions, soit 25 millions de plus.

L'impôt sur le revenu était en Angleterre de 83.750.000 francs, dont une grande partie pèse sur la propriété bâtie ou cultivée ; il s'en suit qu'avec l'impôt sur le revenu, la propriété se trouve surchargée d'environ moitié en sus des impôts directs, comparativement à la France.

A la vérité, les Anglais ne supportent pas, du moins dans la même forme que nous, les droits de mutation : nous savons que ceux-ci sont lourds, et le gouvernement français le sait aussi puisqu'il s'occupe de les dimiuuer, mais cela peut se faire sans changer notre système financier et sans établir l'impôt sur le revenu, qui est injuste et vexatoire.

Le père Cadichon, que M. Steenackers cajole et enjôle avec un si pompeux bavardage, sera peut-être bien aise d'apprendre comment s'établit l'impôt sur le revenu en Angleterre :

On commence par percevoir 2 fr. 92 pour cent sur le montant du revenu dit du propriétaire, puis 1 fr. 46 pour cent sur le montant du revenu dit du fermier, ensemble 4 fr. 92 pour cent, que l'année soit bonne ou mauvaise, que la récolte manque ou non ; et, en cas de déclaration inexacte du revenu moyen, les commissaires taxateurs perçoivent le droit triple, à titre d'amende.

Ainsi le propriétaire anglais exploitant lui-même paie:

1° L'impot foncier comme en France ;

2° 2 fr. 92 pour cent du revenu moyen des trois dernières années ;

3° 1 fr. 46 pour cent de ce même revenu ;

Le tout sous la menace d'une taxation de 8 francs 76 pour cent pour amende, si les commissaires jugent que la déclaration était inexacte.

N'est-ce pas que ce système doit faire envie à nos cultivateurs ?

Mais, dira-t-on, les valeurs mobilières sont taxées. Mais est-ce qu'elles ne le sont pas en France ? Toutes les sociétés par actions paient d'abord les impots comme tout le monde sur leurs propriétés, terrains, mines et minières, usines ; plus un droit de mutation spécial et annuel sur les actions et obligations. Les chemins de fer paient un dixième du prix des places des voyageurs et du transport des marchandises à grande vitesse, etc.

Mais la rente sur l'Etat et les créances hypothécaires ne sont pas taxées. C'est parfaitement vrai, mais comment pourrait-il l'être ?

L'année dernière, l'Etat a emprunté 420 millions en trois pour cent à 69 fr., soit 4 fr. 35 pour cent, c'est-à-dire qu'il a promis 3 fr. de rente à qui lui verserait un capital de 69 fr. Supposons qu'il y eût un impôt de dix pour cent sur la rente, les 3 fr. de rente promis par l'emprunt se réduisant par l'effet de l'impôt à 2 fr. 70 c., l'Etat aurait été obligé de donner 2 fr. 70 c. de rente réelle pour 62 fr. 10 de capital, ce qui revient exactement au même que de donner 3 fr. de rente pour 69 fr.

Ainsi pour se procurer la même somme de 420 millions, l'Etat, au lieu de créer, comme il l'a fait,

18 millions de rentes, aurait été obligé, à cause de l'impôt, d'en créer un peu plus de 20 millions.

Ainsi, d'un côté, il aurait gagné 2 millions de revenu par l'impôt sur la rente et il aurait en même temps perdu 2 millions de rente sur l'émission, Balance. zéro. — Voilà ce que c'est que l'impôt sur la rente.

———

Ce n'est pas avec cette eau claire qu'on soulagera les contribuables.

———

Restent les créances hypothécaires. Rien de plus facile que de les imposer. Mais qui payera l'impôt? L'emprunteur. Je suppose qu'un propriétaire fermier trouve à emprunter dix mille francs pour cinq ans à cinq pour cent taux légal, survient l'impot sur les créances hypothétaires; ilest dudixième comme l'impot sur la rente.

Que va dire le prêteur? « Je veux placer mon

argent, à cinq, rien de plus, rien de moins; assurez moi cinq pour cent ou je ne prête pas. »

Et comme le cultivateur a besoin d'argent, il subira, non sans gémir, la charge du nouvel impôt.

Cinq pour cent de dix mille francs, c'est cinq cent francs par an; 10 pour 100 de 500 francs c'est 50 francs; 50 francs pour cinq ans, c'est 250 francs qu'il faudra payer comptant au moment de la signature du contrat, pour que le prêteur ne coure aucun risque; et le procédé de M. Steenackers, pour dégrever l'agriculture, n'aura abouti qu'à faire payer au cultivateur, lorsqu'il emprunte, un impôt nouveau de 2 et demi pour cent pour cinq ans. Merci du cadeau !

C'est pourtant à ce petit nombre de vieilleries condamnées depuis longtemps par la science économique comme par le bon sens, que se réduisent les idées rénovatrices de M. Steenackers. Et cependant cet écrivain plaisante agréablement ceux qu'il appelle « les enjoleurs et les avaleurs de sabres. »

Méfiez-vous, père Cadichon, ce n'est pas uniquement pour vos beaux yeux que M. le conseiller général de la Haute-Marne a pris la plume. Malgré les affectations de paysannerie, M. Steenackers n'est pas un des vôtres, et pour qu'on ne s'y méprenne pas, il a pris soin de dater sa préface du *Château d'Arc-en-Barrois.*

Ouvrez l'œil, père Cadichon, c'est à votre vote qu'on en veut, et à votre place j'y regarderais à deux fois avant de le donner à ce noble châtelain dont toutes les brochures réunies ne vaudront jamais, pour le bonheur du peuple et pour la prospérité du paysan, une page du règne de Napoléon III.